國家圖書館出版品預行編目 (CIP) 資料

這有什麼好怕的?/羅怡君文；Mori三木森圖. -- 第
一版. -- 臺北市：親子天下股份有限公司, 2024.03
38面；19x26公分. -- (繪本；354)
(SEL繪本. 自我覺察篇)
ISBN 978-626-305-701-2(精裝)

863.599　　　　　　　　　113000727

繪本 0354

SEL 繪本 〈自我覺察篇〉
這有什麼好怕的?

文｜羅怡君
圖｜ Mori 三木森

責任編輯｜蔡忠琦　美術設計｜蕭華
行銷企劃｜高嘉吟、張家綺

天下雜誌群創辦人｜殷允芃　董事長兼執行長｜何琦瑜
媒體暨產品事業群
總經理｜游玉雪　副總經理｜林彥傑　總編輯｜林欣靜　行銷總監｜林育菁
資深主編｜蔡忠琦　版權主任｜何晨瑋、黃微真

出版者｜親子天下股份有限公司　地址｜台北市 104 建國北路一段 96 號 4 樓
電話｜（02）2509-2800　傳真｜（02）2509-2462　網址｜ www.parenting.com.tw
讀者服務專線｜（02）2662-0332　週一～週五：09:00~17:30
傳真｜（02）2662-6048　客服信箱｜ parenting@cw.com.tw
法律顧問｜台英國際商務法律事務所・羅明通律師
製版印刷｜中原造像股份有限公司
總經銷｜大和圖書有限公司　電話：（02）8990-2588

出版日期｜ 2024 年 3 月第一版第一次印行
定價｜ 350 元　書號｜ BKKP0354P　ISBN｜ 978-626-305-701-2（精裝）

訂購服務 ────────────────
親子天下 Shopping ｜ shopping.parenting.com.tw
海外・大量訂購｜ parenting@cw.com.tw
書香花園｜台北市建國北路二段 6 巷 11 號　電話（02）2506-1635
劃撥帳號｜ 50331356　親子天下股份有限公司

立即購買 >

這有什麼好怕的？

文・羅怡君
圖・Mori 三木森

我有
一個祕密……

......

螞蟻雖然小，卻能搬運比
自己重一千倍的東西；
一群螞蟻可以殺死一頭大象；
還有，螞蟻無所不在！

牠們

安安靜靜。

牠ㄊㄚ們ㄇㄣ

來ㄌㄞˊ無ㄨˊ影ㄥˇ、

去ㄑㄩˋ無ㄨˊ蹤ㄗㄨㄥ。

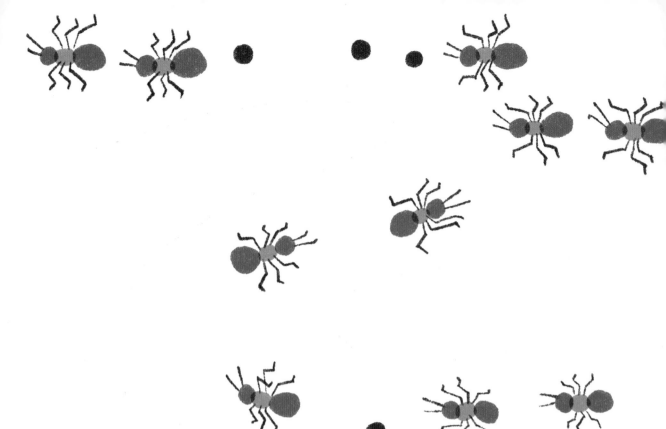

牠_{ㄊㄚ}們_{ㄇㄣ}很_{ㄏㄣ}聰_{ㄘㄨㄥ}明_{ㄇㄧㄥ}，

打_{ㄉㄚ}個_{ㄍㄜ}暗_ㄢ號_{ㄏㄠ}立_{ㄌㄧ}刻_{ㄎㄜ}組_{ㄗㄨ}成_{ㄔㄥ}大_{ㄉㄚ}軍_{ㄐㄩㄣ}。

螞蟻，是世界上最可怕的東西！

而且牠們好像都不會累⋯⋯

可是我好累，

我要準備上臺說故事給大家聽。

要把故事背起來，
我好怕上臺就忘光；

要看書找資料，
我好怕會看不完。

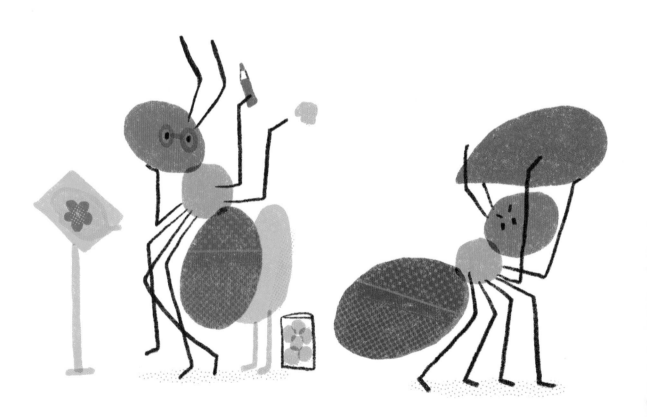

還要做厲害的道具，我好怕大家不喜歡這個故事……

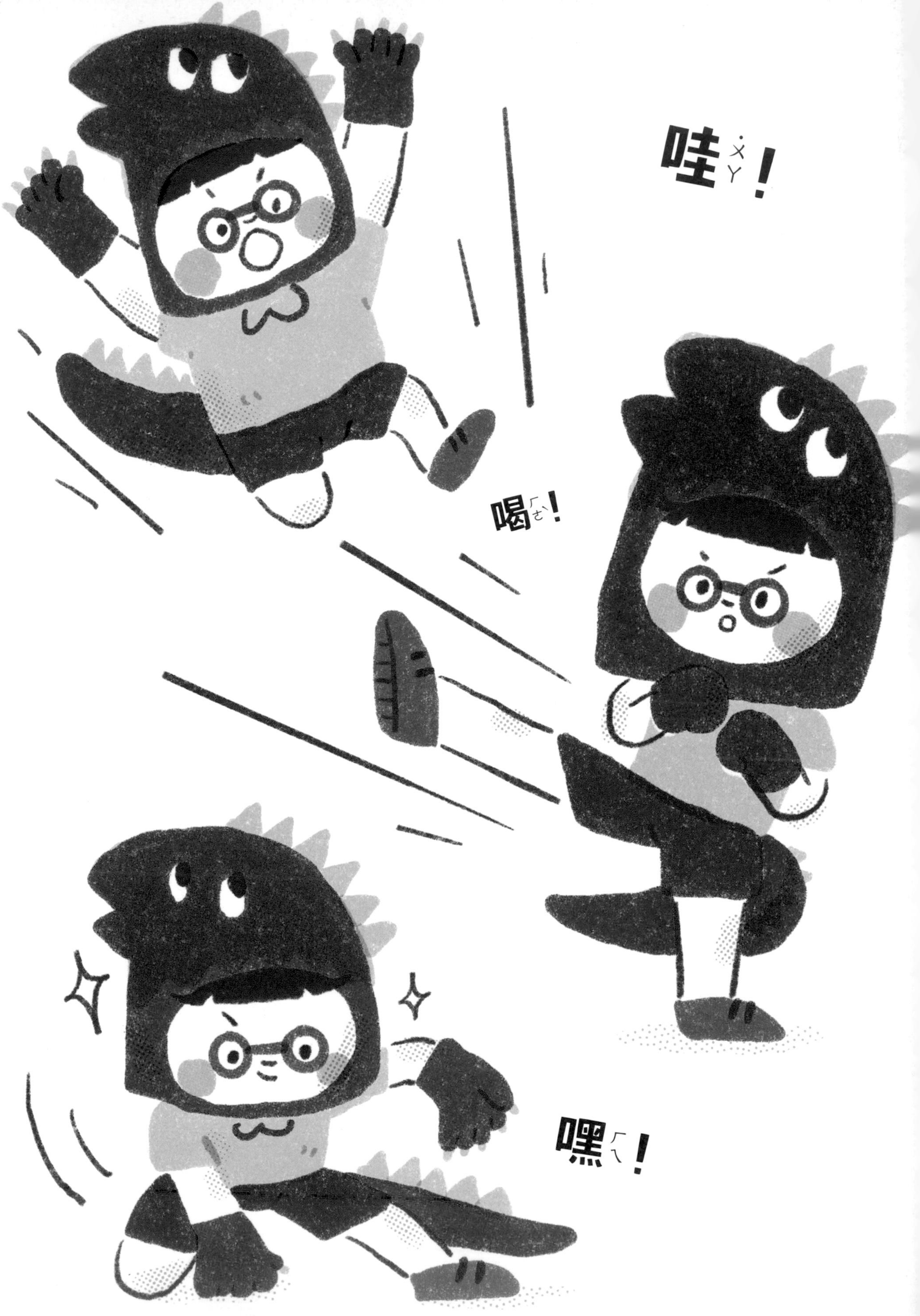
哇˙ㄨㄚ!
喝ㄏㄜˋ!
嘿ㄏㄟ!

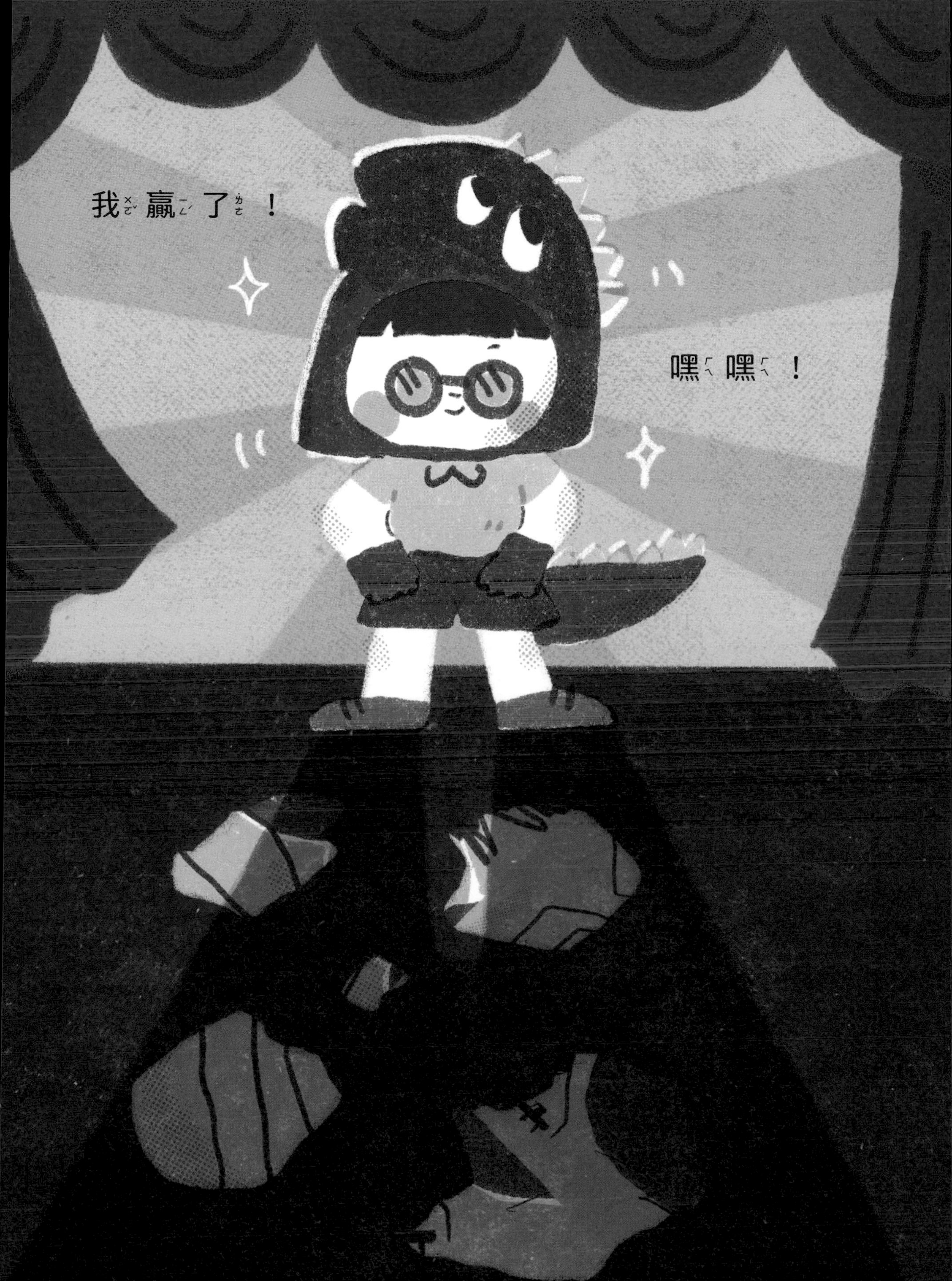
我贏了！
嘿嘿！

呼ㄏㄨ！

終ㄓㄨㄥ 於ㄩˊ 結ㄐㄧㄝˊ 束ㄕㄨˋ 了ㄌㄜ˙ ！

咦？好久沒看到螞蟻了？
牠們到哪裡去了？

喔ᵒ，牠ᵗᵃ們ᵐᵉⁿ在ᵗˢᵃⁱ這ᵗˢᵉ裡ˡⁱ！

牠們都還在！

「你不是怕螞蟻嗎？ 為什麼一直找螞蟻啊？ 螞蟻才怕你吧！ 」

這樣到底是害怕？
還是不害怕呢？